"艺术的故事·眼与心"书系

观看的技艺：

里尔克论塞尚
书信选

〔奥〕里尔克 著　光哲 译

商务印书馆
The Commercial Press

Rainer Maria Rilke
Briefe über Cézanne
Insel Verlag, Frankfurt, 1952

据岛屿出版社 1952 年版本译出

目 录

001　序：
　　　观看的技艺修炼术

013　里尔克1907年
　　　有关塞尚的书信

143　映画记

序：
观看的技艺修炼术

1　1907年5月底,里尔克重返巴黎。里尔克是个浪子。布拉格,罗马,巴黎……在欧洲大陆的诸城之间,他放逐着自己。一个流亡者,没有故乡。永远的一个异乡人。不过,巴黎这座大城,对他终究是别样。不唯是待的时间久,更或是因为有一众志气相投者,尤其是罗丹这位他曾经的引领人,都是在这座城里逢见的。所以,他在书信里说自己是"归来"。且只是日常归家,"不奇异,不瞩目,不惊动"(1907.06.03)。然而,到底还是有喜悦。在这座故城里,他的第一反应是,在这里,观看与别处大不同。在别处,看与思是分离的,思是看之后的发生;而这里,看与思是一体的。看即是思(心即是色)。他被观看所带着,"走向更远,走向万物,且穿透万物——大大小小的一切"。

2　他兴致勃勃。一路看去。去看各色画展,卢浮宫,马奈,凡·高,日本艺术,等等。忙不迭。去植物园,看瞪羚。三只鹿,看一上午。眼前来信夹着的三束石南花,他凝视那紫罗兰色,折断处新嫩的绿,暖棕的花枝,烟花般的花簇,他激动,不能自已,他看,进而听,而闻,幻出秋日大地,海,第一音声,风,柏油,锡兰茶,松香,波斯地毯……他动用他所有的感官,格物,穷尽。他看一颗石榴,目感其沉甸甸的重量,金色果皮,热烈诚挚的红中,体验它的辉煌、尊贵。看天光——阳光是怎样投射,与明亮的窗一起把天地变白,以及絮絮的云朵,怎样与风一起侵入巴黎的天空。看凡·高的作品,看到画中开花的树木,旷野,一匹老马,一座花园,一张椅子,等等。看到其平凡。看到从中升腾出的神圣,贫穷中生发出的堂皇光辉……

他的眼睛厉害,简直可怕。

3　看里尔克的照片,最可惊动人的是他那双眼睛,目光向外,是凝视的,深邃,有穿透力,似乎能洞穿一切秘密,能比一比的好像只有卡夫卡。所以,观看或许就是里尔克的一个本能,一个天赋。他第一部诗集,名为《图像书》——正是眼目的落处。从沃尔普思韦德诸画家好友那里,从罗丹、凡·高那里汲取赋物造型以及色彩的技法,他如此孜孜不倦。观看的技艺不断精湛。不断明亮自己的眼睛。

然而,他竟然说,自己是盲的,说自己简直一无所见,在塞尚面前。

在塞尚无数次凝望、无数次变奏的《圣维克多山》前，里尔克说，自摩西之后，再无人能见一座山，见得如此伟大。无数次观看圣维克多山的塞尚，他自身现在成了里尔克的圣维克多山了。自此，里尔克去看塞尚的画展，几乎日日。自己一个人看，找人一起看。塞尚的色彩让他迷上了。

在塞尚的绘画里，他看出一个色彩的形而上学。色彩不再是绘画的一种属性，一种技法，一个手段，而是绘画的全部存在。而绘画史上尚不曾有人如塞尚一般清晰地展示出"绘画乃是色彩中的事情，人应该彻底放手，让它们在自身中达成一致。色彩与色彩彼此交流：这就是绘画的全部"（1907.10.21）。塞尚孜孜不倦地追求如何让色彩淋漓尽致，用尽，直到呈现出物象（1907.10.12）。物象放弃自己布尔乔亚现实的一切重量，转化为一个真切的绘画存在。"一切皆成为在色彩中安顿自身的事情：一种色彩在对其他色彩的回应中自我振奋，对自身，或宣称，或追忆。"（1907.10.22）而塞尚总是要无限地切近事实，展现事物的实相,直至走进色彩的无限深处,每一种色彩都是无尽的,做着无尽的展现。里尔克一次一次凝视那些画作,笨拙地用他自己也认为是不恰当乃至不相称的言辞去重述绘画事实,辨识塞尚展现的种种色调:黑;白;灰——铝或者某种金属白;紫——从淡的丁香紫色到深重的花岗岩紫,湿润的紫罗兰紫;红——奋不顾身的红,柔滑的红;蓝——浓蓝,蜡蓝,夹层蓝,雷暴蓝,布尔乔亚棉蓝……他追溯塞尚独特的蓝之绘画史源流,找到源流的转捩点——夏尔丹。给二人作比:同样的水果静物,夏尔丹那里,"它们不再心怀一场晚宴,它们散落在餐桌上,不在乎吃起来甜美与否",而塞尚这里,那些苹果等等,"完全不再是可食性的,它们变成真真切切的物,在它们坚定的异质性中牢不可摧"。塞尚更彻底。色彩如此,所见之物亦如此。他在色彩中直接抵达万物自身。一如东方的禅僧所歌吟的"山花开似锦,涧水湛如蓝",正是在色身里得见法身,一朝风月里得见万古长空。

4 《金刚经》里,世尊告诉须菩提,他有肉眼,有天眼,他有慧眼、法眼与佛眼。里尔克说自己一生遇到塞尚,才算开了眼,而有了一双正法眼。

几年之后,脱胎于这些书信(乃至有大段大段文字直接挪移)的《马尔特手记》中宣告,"我开始学习观看"。在塞尚这里学习到的观看技艺,他殷勤练习,一发不可收拾。他的目光似乎日渐地明亮。他以眼目观照万物——如日月之照耀金银台,最细微的也照得分明、堂皇:白杨喜悦地长着叶子;日子轻盈,"偶尔有挥霍的狂喜";天光的变幻,风与云的交互。深夜月光在墙上投下一点碎银的光;尤其是雨——一直下。但他每天都要记,不厌烦。也抱怨,但从来都不会麻木眼睛——雨前的天,变灰了,一只鸟飞过;雨后,修道院转角的苔藓,亮亮的绿,他还是会盯着看,说那是之前没见过的一种绿。

这些观看记,他都不厌其烦,细致地,一一做成每日的书信,给远在沃尔普思韦德的妻子。

除此,还有一部分谈艺录。

5 里尔克认为真正的创作是深入虎穴，如履薄冰。"艺术作品总是一个人于险象环生中的结果，是身体力行走遍所有路途，至于山穷水尽，再无可更进一步的结果。"（1907.06.24）艺术家要表现的是自己的独特，这条探索之路注定只能自己孤身承担。这过程中，艺术家不是靠灵感，而是要坚持不懈地劳作。塞尚身上同样有这种秉性。虽然他是很晚才领会，几乎四十岁后了。从毕沙罗那里学来的。但自此之后就一事不为，除了画作。他发大誓愿，"我发誓，我要作画，到死为止"。（1907.10.21）自此余生，彻底沉浸在日复一日的创作中。风雨，小镇市民的嘲笑，孩童的掷石凌辱，他皆不管不顾，甚至自己母亲的葬礼日，他也缺席，只怕耽搁一天的绘画劳作。（1907.10.09）劳作，这本是里尔克从罗丹那里学来的，他在凡·高那里同样看到。凡·高无时不在劳作，最好的时刻能够，最糟糕的时候同样能够，哪怕失却冷静，但劳作不会，在疯人院里，"在自己最惊惧的日子里"亦能画出"最令人惊惧的物象"。（1907.10.04）但似乎真正触动里尔克，让他为之动容，让他起心追随，要做一个劳作者的，却仍然是塞尚。或许是因为塞尚故事里那种孤独，探索的痛苦，不被世人理解，甚至被嘲讽的愤懑，让里尔克感同身受。所以特为此写了长长一封信，浩瀚的一大篇，不厌其烦、细细重述塞尚的一生。在结尾,他突然说:"你知道今天我所给你讲的里面有多少是我自己……"他直接招供了。

6 创作是要怀着爱的。像凡·高那样。爱世间的一切,爱你所画的一切。但在画布上,这爱又必须要被超越。不能在创作里刻意展示。很多画家并不明白,"他们画:我喜欢这里,这里;而不是去画:如是如是。"(1907.10.13)不成熟的画家是前者,观者只看到态度,只看到作品里到处嚷"我喜欢,这里这里",而不见作品。塞尚是后者,只是呈现,如实,如是。他"知道如何咽下自己对每一个苹果的爱,将它永远留在画出来的苹果里"。(1907.10.13)创作要述说而不是评价。要不偏不倚,客观超然。"艺术知觉首先须得超越自身,乃至一切之中,哪怕是可怖、可憎的,均可以见得。正如大创作者是不可以有拣择的。存在的万物,他皆不可以背对"。(1907.10.19)

7 还有忍耐。里尔克说这是他家传的本领。忍耐是生存的需要。"我们全部要做的就是在着,但要热忱,要简单，像大地那样，顺从于季节、光、黑暗、宇宙的一切"。（1907.10.19）也是艺术创作的需要。塞尚当然也有这个品质。不过塞尚的忍耐与冷静也是磨练出来的。他原本是热的，热烈得不得了。他早期画作，笔触简单，粗暴，急切，乃至有些不耐烦。颜料也是满满的，涂了一层又一层。看上去特别幼稚——也是它们被学院派所嘲笑之处。但非常地动人，因为那种真实的呈现，就像一个莽撞的少年，用力过猛地出手，但你可以看到生涩中流露的真切。早期的里尔克与这早期的塞尚是一样的，体现在多情、抒情上面。塞尚大概是在离开巴黎，搬到艾克斯，开始自己一生创作之后慢慢冷下来的。学会了耐心。"他只是再现自身，以一种谦逊的客观，以一种确凿无疑、实事求是的趣味——是狗的趣味——一只狗看着镜中的自己，心想：另一只狗。"（1907.10.23）对于里尔克来说，如果不懂得忍耐，你可以见得到圣母玛利亚、圣徒以及扫罗王等世间大功业的人，但却永远无缘得见列奥纳多、李太白、葛饰北斋、塞尚等，哪怕你身在天堂。

8 这些书信——也可以说是日记——是原生的，几乎没有做过什么后期的编纂。书写的时候，他并不知道之后所发生的。但最后出落成这么一个有机的呈现。即兴的爵士风格演奏出某种古典乐章的肌理：围绕主题的各种呈示，犹疑，渐强，减弱，间奏。又有前后的对位。比如巴黎皇宫的写真：第一次是10月6日，一场细细的目光之旅后，升华为一场关于豪华生活情景的幻想。第二次，10月20日，在观看塞尚多日之后的重游，同样一场细细密密——乃至更甚——的目光之旅，但最后，却不再有幻想，反而是一个大扫荡，扫荡之前所眼见的一切华美：说这一切都要被散尽，舍弃，放下。要纯粹而贫穷。乃至贫穷十世。要进入根部，进入大地自身，如人类最初的先民。

这空诸所有的大扫荡，让人想到他的另外一首诗里的一句："上无片瓦，雨水扑面。"

9　这些书信是关于目光、关于观看的：塞尚看圣维克多山，苹果，这世界；里尔克观看塞尚以及巴黎，并在心中重画——以语言，而凭着记忆，故此，其中也有各种变形处、无心处，客观细节失落（也或是有心着意而为之？）。

而现在，是你我的观看：

观看的三次方。

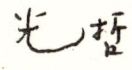

2016. 上海·松江

里尔克
1907年
有关塞尚的
书信

凡所在着的皆全然迫切地在着
und das Gegenwärtige ist mit aller Inständigkeit gegenwärtig

1907
06.03
*
周一
伏尔泰旅馆
巴黎

……观看与劳作——它们在此地，与在别处是如此地不同。在别处，你去看，去思：思是其后的事——而在这里，它们几乎如一，几乎为一。我又回来了[1]：不奇异，不瞩目，不惊动；甚至算不得一次节日；因为一次节日已然是一个间断。而在此，你被带着，被带着走向更远，被带着走向万物，穿透万物，大大小小的一切。万物皆一一地布置着自己，井井有条，如若有人站着发号施令；凡所在着的皆全然迫切地在着，仿佛屈了膝，低俯着，为你祈祷……

---

[1] 四天前，里尔克在十个月的阔别后重返巴黎，这座对他有特别意义的城市。他最开始入住"伏尔泰旅馆"——旅馆倚着塞纳河，有好风景，一直有法国文化名人入住，五十年前，波德莱尔也正是在这里完成《恶之花》。里尔克选择这里而罔顾自己拮据的经济，他是以此作庆祝。所以这里又说，寻常的激动之心应该降伏了，按捺着，只当是一次寻常的归家。——译者注

像是透过失眠的眼在看

1907
06.07
*
周五
下午

……许多地方我已经又走了一遍。周二在"小巴嘉泰勒宫"（Bagatelle）有一场1870年到1900年间的女性肖像展。一张精彩的马奈画作便可以替其余一切给你极大的回赠。马奈算得上是个画家；自这张肖像以及今天在卢浮宫新建的"莫劳-奈拉顿[2]藏室"见到的那张不可思议的《草地上的午餐》之后，他便再一次给了我一个彻底的展现。他是个画家，现在是，将来是，且永远都是。戛耶[3]终究是错的，凡·高是另外一种，无可避免地沉溺于表现，混绘画于其意志里。在他，之前从未画过的人了画，但在马奈，一切皆可入画。（听起来怪怪的；就绘画的意义而言，其实一切都定是可以入画的；是则是，但实际尚未如此，而凡·高一直；一直，一直想要这种实现。）在波恩海姆·热恩[4]，我看到凡·高：一家夜间咖啡馆，很晚了，沉闷乏味，像是透过失眠的眼在看。他画老式的照明灯气息（吊灯周围画同心圆，渐渐在空间中消融），那方法完全不是涂画，而是以颜色强力取胜，是压倒性的：在它面前，人断然变老，颓

2　Moreau-Nelaton（1859—1927），法国重要的艺术收藏家，画家赞助人。出身于收藏世家，除有德拉克洛瓦一些重要作品外，还大力支持当时的印象派，购买收藏了马奈、莫奈、毕沙罗等人大量的作品。其中包括《草地上的午餐》《奥林匹亚》等名作。

3　Eugène Anatole Carrière（1849—1906），法国象征主义艺术家，罗丹的好友。擅长棕色的色调处理，以此成名（有分析说毕加索的"蓝色时期"便是受此种单色调技法的影响）。

4　Bernheim Jeune，巴黎的一位画商，在他的画廊里曾经举办过很多现代艺术家的重要展览。同样是在这里，里尔克第一次看到葆拉·贝克尔给他推荐的塞尚水彩展。

靡不振，昏昏沉沉而凄凄惨惨。这里还有马约尔[5]的作品：非常，非常地美。一个女孩的肢体，尚是（待烧的）陶土，难以描述。同时还有一批日本东西马上要在拍卖会上出售，也是应该要看看的！……

5　Aristide Maillol（1861 — 1944），法国雕塑家，与罗丹、摩尔等同列，被认为是现代雕塑大师。他的创作主题几乎全为女性身体。

我便看到有光
从它纤细脑袋上的耳与角中发出

1907
06.13
＊
周二
晚上

……昨日整个上午我都在植物园,看瞪羚。小鹿瞪羚。有两只,另有一只母的在旁边。它们躺着,彼此分开有几步远,一边休憩,一边反刍,并凝望着。如同女子凝望画作,它们也默默而确凿地凝望着什么。一有马鸣声,其中一只立即警听,我便看到有光从它纤细脑袋上的耳与角中发出。我仅看到有一只站起来,过一会儿,又躺了下来;但我看到,在它们伸展测验自身的时候,那些后腿是怎样地神奇(它们如枪,跳跃即从此射出)。我完全挪不动步子,它们是这般地美,完全如我在你那精美的照片前所感受到的:仿佛它们刚刚变成这样的形状……

说到底，艺术作品总是一个人于险象环生中的结果，
是身体力行走遍所有路途，
至于山穷水尽，再无可更进一步的结果

        Kunstdinge sind ja immer Ergebnisse des in Gefahrgewesen-Seins,
        des in einer Erfahrung bis ans Ende-Gegangenseins,
        bis wo kein Mensch mehr weiterkann

1907
06.24
*

周 一

……今早你的长信,以及你所有的想法……说到底,艺术作品总是一个人于险象环生中的结果,是身体力行走遍所有路途,至于山穷水尽,再无可更进一步的结果。走得越远,体验便越发自我,越发个人,越发独特;而所完成的作品最终便不可或缺,不可遏制,且,尽可能地,成为此种独特的决定性表达……在这里,艺术品反过来给其必然的创作者带来巨大的助益——那是他的缩影;念珠上的一个珠点,在这个珠点上,他的生命显示为一个祈祷,反反复复,向他证明他的浑然合一与诚挚,是唯独呈现给他的,是无名的,莫可名状的,而对外则唯有自我承担,成为一种必要,一种真实,一种存在。

所以我们当然别无选择,只能以自身去测验,去尝试对抗这绝境,但在它进入艺术品之前,我们也许亦会因受掣而对之保持缄默,不与人分享,不与人倾诉:因为这个绝境无它,即是我们自身之中的独特,无人会理解,甚或也不应该去理解。所以如它这般,作为我们个人的疯癫,它必须进入作品里,可以说,要在作品里让它正当,展示它自身的法则,似乎天生已成,无形无相,直到在艺术的明晰中显现——然而有两种交流的自由在我看来似乎都是最有可能的:一种是与物彻底地直面相对;一种是日常生活里所发生的,我们通过各自的劳作来展现彼此,由此互相支持、帮助以及(以最谦卑的话说是)赞美彼此。但无论在第一种还是第二种里，一方都必须给另一方展示一个结果，而如果一个人不给他人呈现自己的处理手法，也并不是因为不信任、回绝或者排斥，而是那里面有太多的困惑，痛苦，且其唯一的价值就在于创作中个人的施展。我常常想，如果凡·高在从那些以其全部灵魂为他辩护、为他承担、为他的现实做证誓的存在中创作出画作之前，不得不同某人分享自己的独特视觉，不得不与别人一起来评鉴自己的创作动机，那对凡·高来说将是如何地疯狂，如何地万劫不复。有时候在信中（尽管在那里，他同样经常谈论的是那些已完成的作品），他的确似乎感到他需要这样做，然而高更——他一直渴慕的意气相投者——刚刚抵达，他就不得不在绝望中割下自己的耳朵，在此之前他们就都开始彼此厌恶，第一时间便恨不得除掉对方才是……关于这个我今天就说这么多吧。我与我的"模特"的关系当然依旧是不对路，尤其是，我完全不能够运用任何人体模特（证据：现在尚未有过什么作为），且未来数年我将忙于那些花朵、动物以及风景。（"阿尔克斯提斯"的开场或许算我首次触及"人像"领域。）你看到了……我写得匆促是为了有时间做另外的事。你是不会误解我仓促的书写：促我书写的初心以及所写的内容则非如此。我要继续执拗地追问有关罗丹谈话的事。不知道为什么，我觉得多多少少参与其中对我将是有益的……

它唤起荒凉的记忆
让人茫然

Mich macht das traurig.
Eis bringt trostlose Erinnerungen herauf, man weiß nicht warum

1907
09.13
*

周五

……从未曾被如此地触动,几乎是感动,被石南花,你绵绵书信里夹着的那三束花枝。自几天前看到那一刻。自此之后,它们就一直躺在我的《图像书》[6]中。它们那猛烈而庄重的气息穿透书页,真真是秋日大地的芬芳。而这芬芳,是何等地华丽。在我看来,似乎从来不可能在大地,成熟的大地上呼吸到这样一种气息;一种马上想到大海的气息,尝起来苦涩,而又甜美异常——如你触碰到的第一音声。其身自有深度,黑暗,几乎是某种坟茔之类的,然而又是风;柏油,松节油,锡兰茶。如乞僧般庄重、低俯,然而又带着松香味,热烈得似乳香。而这些石南看上去:如刺绣,明亮辉煌;如三棵丝柏编织进一面波斯地毯,用的是紫罗兰绸丝(那种湿漉漉的紫罗兰,恍如日光的补色)。你应该看到这个。我想这些纤细的花枝在你发信的时候应该尚未曾如此美:否则,你定然会对它们作一番惊叹。此刻,其中一束恰好躺在一个旧笔盒里的暗蓝色天鹅绒上,如一场烟花:啊,不,其实还是如一方波斯地毯。所有这数百万的小小花枝,这经过叹为观止地锻造过一番的,都是真的吗?看看这含着点点金的绿色辉耀,细细花茎那檀木般温暖的棕色,以及折断处新嫩的、若有若无的一点绿。哦,多日来,我一直在赞美这些零枝碎花的光辉。然而羞愧的是,当我被应许可以在这样的盛大中穿行,我却并不快乐。我们活得如此不堪,因为我们总是处于措手不及的当下,你束手无策,

---

6　*Buch der Bilder*,里尔克的一部诗集。

事事茫然。我无法回想自己生命中有哪一段时日是没有过这样的羞辱,乃至更甚的。我相信自己曾圆满无失地生活过的唯一一段时光就是露特[7]出生后的十日;我找到了妙不可言的真实,所有一切,乃至最微末的细节,皆真真切切,如其所是。——说起来,要没有我在这个城市度过的夏日,可能我对于这辉煌、这挥霍着北方岁月的石南就不会如此动情。那么,也许我这样度过一个个方格般的夏日并非全然徒劳,一个一个的小方格彼此相连,有二十次,而我寄居在最后最小的那个里面,蜷缩着。敬爱的神啊,去年我是怎样地劳苦;大海、庭园、森林、林间草地,我对所有这些的渴望有时候难以言表。此时,冬日已然临近。那些迷蒙的晨昏已然开启,太阳只是眷恋着往昔的所在,院子里,所有的夏日之花,大丽菊,高高的剑兰,长排长排的天竺葵向着薄雾,呼喊着它们红色的反驳。这让我难过。它唤起荒凉的记忆,让人茫然,仿佛这个城市的夏日之乐在一个不和谐音、在所有音调的一次暴动中结束;也许只是因为很久之前,所有这些已被深望入他自身之内,被读解,成他自身的一部分;而这些,是他从不曾有意而为之的……

---

[7] Ruth,里尔克的小女儿。

……一切之中,
我愿意
作那耐心的等候

…Ich bin in allem auf das Abwarten eingestellt

1907
09.16
*
周一

……一切之中，我愿意作那耐心的等候。按照奇郭尔[8]的意思，正是在这种无所用心中，鸟儿越过我们；日常劳作盲目而热烈地运转，在全部的耐心中，以"obstacle qui excite l'ardeur"[9]为座右铭——这用心，唯一的那种，不侵犯；不留一丝深痕，也不用考虑其他那些被掌控者，我们就可以完成这些书页。

不久前，克莱尔[10]意外地说了一句："您将出人头地，大富大贵。"（这话刚好是我因为所有这些空落而非常难过的时候说的。）

8　Kierkegaard（1813—1855），丹麦哲学家，存在主义先驱。另译为克尔凯郭尔。
9　此处法语，直译为"障碍激发热情"，是从里尔克家族古训中摘引的一句。
10　Claire，蒙特帕纳斯大道（Boulevard Montparnasse）上，里尔克常去的茹文餐馆（Jouven）的侍者。

一种有关外省、
有关南方的预感以及向往，
以及遥远旅程的诱惑

    Angesichts ihrer stieg auch mir der Wunsch und
    Vorgefühl von Fremdheit und Südlichkeit herauf und
    der Reiz der großen Reisen

1907
09.29
＊
周日

……你在那份葡萄牙提子上感受到的,是我所深知的:此刻,在最近从波亭路(Potin)买的两个石榴上,我正体验着这种感受:是多么辉煌,在它们的沉甸甸中,雌蕊弯弯的装饰还在上面;多么尊贵,在它们的金色果皮上,红红的底色透出来,强烈、真挚,如同旧了的科尔多瓦皮革墙纸。我还没有剥开它们的意思,它们或许也还没有成熟吧。要是熟了的话,我想它们会从圆熟中炸裂,裂出紫色的内里,如衣着华服的贵族。看着它们,我亦感到体内升腾起一种有关外省、有关南方的预感以及向往,以及遥远旅程的诱惑。但一个人预先知道得有多多,那么他自己眼睛便闭得有多紧。我再一次感到,当我写下《斗牛士》,那是我从前不曾见过的,然而我全都知道,全都见到!……

云朵，
絮絮的云朵，
风，
骤雨，
一片高远的澄明中，
突然，
阳光来了

Wolken,
lockere Wolken,
Wind,
rasche Regen,
und aus einer Lichtung,
die hoch ist,
auf einmal
Sonne geworfen

1907
10.02
＊

周三

……我敢说自远方听起来非常难以置信，但这是真的，这里的日子突然让我想起那种天气——阴雨天，却时不时地异常晴朗，早早打断深冬；你知道我说的是哪种：是的，就是你讲过的，是你乘坐雪橇那地方的那种；或是滑冰的季末；或如同那个傍晚，我站在窗边，你从不来梅（Bremen）的滑冰短旅中归来——一段意外被取消了的旅程。云朵，絮絮的云朵，风，骤雨，一片高远的澄明中，突然，阳光来了，仿佛以反光镜作投射，强烈，密聚，骤然投射在一些湿物上，在所有明亮的窗子以及天空下，在这样炫目的光亮中，全白了。这联想太深，太缜密，乃至过去的这些天里，我老觉得身后已度过的是一个冷冬，而不是巴黎的夏天，关于这个夏天，我已经完全忘却……

……昨天，许多许多个星期之后终于第一次见了个人——马蒂尔德·福尔默莱尔（Mathilde Vollmoeller），她刚从荷兰归来。她有一阵子时间没来茹文餐馆了。而我几乎在考虑要不要去，因为当时不大舒服，想自己抱头睡睡，静一静。谈话期间，她提到从阿姆斯特丹带来的一些凡·高的复本，整整有一袋子，问我是否要看看。我要看。于是我提议就在那个下午与她一起看，因为那对她也最方便。我强迫自己过去。这存在，这宁静，另一个生命的安然无恙——在如许的孤独之后，大口饮一杯茶，倾听相谈的声音，他人的话，自己的话：所有这些对我自然都是好的。当然了，尤其是复制的那些孜孜不倦、动人的作品，那样急迫的言说，有责任担当，健健康康，并相应做出一些东西；某种程度上，他在写给他弟弟的信中所讨论的都是同样的事情（那些信现在都归他弟弟的遗孀所有，有几百封吧）。

但在此地过着日复一日的另类生活太不容易。我得承认巴黎一直在尝试将我抖落，如一匹马对它的骑手那样。你自己也知道这种事事不顺的时刻，我们经历过好几次了。那全是种种小警戒，但最后，事实上也都并没有什么大不了的……

就只是一切，
它们所能造就的一切，
它们所能允许成为的一切

ist einfach mit allem,
was sie daraus gemacht haben und
was es sich selber hat werden lassen

1907
10.02
*
周三夜晚

……一不小心把信推进到第八页才完结,疲惫极了……然后我就出去到蒙帕纳斯大街喝我的牛奶。在此之前我度过了安静美好的一小时:在你昨日那封信的守护以及情调中,饮下最后一口茶,与凡·高作品的复本直面相见。昨天我们没有看完全部,因此我得以将它们带回家,因此,我可以亲自拥有它们一些日子。今天,我坐拥这些书信,且从中得了极大的喜悦、洞见以及力量。都很朴素,并非特别地繁复,但非常引人,四十件作品的复本,有二十件可以追溯到凡·高来到巴黎之前的日子。有油画、素描、版画,主要是油画。繁花盛开的树木(唯有雅克布森[11]能做得到),旷野,散落的人,往四方走,往深远处走;一直到远处,这些人背后,在所能抵达的最远处也是亮的,似乎一直持续下去,直到纸页之外。或是一匹老马,一匹彻底消耗殆尽的老马:不悲悯,也全无谴责。就只是一切,它们所能造就的一切,它们所能允许成为的一切。或是一个花园,或是一方庭园,被观看,被展示,全无一点偏见或者夸耀;或是,简单的物,比如一张椅子,就只一张椅子,最为寻常的那种:然而,在这其中有太多太多让我们想到他许诺给他自己,且在后来的许多日子里坚持描绘的"圣徒"!……

---

11 金斯·皮特·雅克布森(Jens Peter Jacobsen, 1847—1885),丹麦诗人,里尔克曾称他为自己的文学"守护神"。

贫穷亦变得堂皇：从内里向外散发着光辉

ist die Armut schon reich geworden:ein großer Glanz aus Innen

1907
10.03
＊
周四

……在这样的冷雨天——迟迟不愿过去,现在所有人,据我在茹文餐馆的观察,都弄得灰灰的,心烦意乱——你如果能与我一起在房间里共坐该是多好。与我一起共坐在凡·高画作面前(我这周就要归还了,不舍之心重重)。这两日我受益良多:实在正当其时。其中,你将会看到许多我尚不能看出来的。目录前面的小小一段传记你可能连十行都没有读下去,你凭着的仅仅是你的观看。这传记是如此地平实,却意义深远得不可思议。过了三年他明白自己是不想当一个画商的。去英格兰做一个小小的学校教师,又踌躇于去当一个牧师。去布鲁塞尔,去学拉丁语、希腊语。但何故绕道呢?难道还有人要他们的牧师又讲希腊语又讲拉丁语的吗?于是他又成为所谓的福音传教士。在传道中他开始绘画。最终他完全没注意到自己已变得沉默,一事不为,除了绘画。自此之后,他别的什么都不做,除了绘画,直到最后一刻,直到他决定终止一切,因为最后几周里他可能感觉自己无法作画了;所以他放弃一切,尤其是生命,似乎也是自然而然的了。是怎样的一部传记。现在,人人都表现得好像他们理解这个以及由此而生的那些画作似的。这是真的吗?画商,同样还有艺术批评家,真的不是更加困惑,或是更加漠然于这个真诚的狂热者吗?在这个狂热者身上,某种"圣方济各"的精神重新在生活中复活。我惊奇于他声名的鹊起。啊,他同样曾被遗弃,一次又一次地被遗弃。他的其中一幅自画像看起来贫穷，痛苦，几乎是绝望，然而并不悲惨：如一只落魄的狗。他亮开他的面庞，你会留意到一件事：他过着落魄的生活，日日夜夜。但在《繁花盛开的树木》这幅画里，贫穷亦变得堂皇：从内里向外散发着光辉。而他就是这样，作为一个贫穷者来看待一切；可以拿他的《公园》这幅画来对比。同样表达得如此安静，简洁，似乎是画给穷人的，让他们好理解；没有耽溺于林间的华丽；仿佛那样做就有了偏倚。他不站在公园的一边，任何一边他都不站。他对所有一切的爱指向无名，由此，这爱便被他自己隐匿了。他不展示它，他拥有它。他将它从自己身内取出，迅速置入自己的作品，置入作品最最内在的，永不停息的那一部分：迅速，无人曾见！那即是何以在这四十幅画作里可以感受到他的在场。而现在，你是不是感到，多多少少感到就在我身边，在这些画作前面呢？……

一切有待完成：一切……
　　daß alles noch zu machen ist:alles ...

1907
10.04
*
周五

……依旧如身处被人拧来拧去的湿海绵里。真是奇怪,就这样被抛出秩序之外!四季常常是通过持续的流转与对比而如此地美好,人即可依凭着它们;但这一次一切都出其不意,好像在翻百科全书,突然就翻到另一个字母,在经历过如此的异样之后,依然继续读下去。当然了,如果有人能如其应该的那样安然于劳作里,那也不会搅扰到他,哪怕是伤风恶寒:他只是观看,并在如此心境中做出东西来。(想起以前在施马根多夫[12]曾遇到这样的事情,我还记得,非常地意外,一个晚上我写下了"来自一个风雨之夜的记录"。)不过我距离时时刻刻都在劳作的境界依然还是太远。也许可以失却他的冷静,但背后依然有他的作品在,这个是他再不会失却的。而罗丹,他感觉不好的时候,就在自己的作品近旁,在数不清的纸上写下漂亮的文字,读柏拉图,在字里行间对他思索。不过我感觉这并非仅仅是克制或者强迫的结果(否则就太疲惫了,我最近几周就是这样,疲于劳作),而是纯粹的喜悦,是自然的幸福,无与伦比。或许人们得对自己"任务"的本质有一个更清晰的省察,切切实实地抓住它,在千万个细节中看清它。我相信我感受到了凡·高在某个点上所感受到的。那是一种强烈而异乎寻常的感受:一切有待完成,一切。但将自己奉献给那最迫近的,我至今尚不能够做到,或者说只是在某些最好的时刻可以,而恰恰在最坏的一刻才是真正需要的。凡·高可以画疯人院,他在自

---

12 Schmargendorf,柏林西南部的一个地方。

己最惊惧的日子里画出最令人惊惧的物象。除此之外他还能如何活下来呢？我觉得，人要抵达这境界，不能出于强迫，而是出自省察，出自渴望，出自紧迫——再不能有任何延宕，太多有待完成。哎，如果没有那些不劳作时光的舒适记忆就好了。静静躺着，安闲自在地记忆。单纯的等待中，翻旧插画，或是读读小说什么的那些记忆。还有大堆大堆溯洄童年的那些记忆。生命大片大片地浪费，浪费了，甚至还要重温，因为闲适骨子里的诱惑。为什么？要是在一开始除了劳作就没有任何记忆多好：脚下的大地会是如何地安稳，可以安然屹立。但如此，人便会时时刻刻在某处沉陷。如此，人便会有一个两面世界，这是最坏的。有时候我路过一些小铺子，比如塞纳河边上的古董铺子，或是二手小书店，或是卖铜雕的一些地方，橱窗堆得满满；没有人进去，它们似乎也不做生意。但每次你望过去，看到他们坐着，看书，无忧无虑（然而他们并不富裕）；不关心明天，不忧心于成功，一只狗，好脾气地在他们面前蹲着，或是一只猫掠过一排排书，好像要擦去背后的那些名字，越发显出他们的寂静无声。

　　哎，要是能够这样就好了：有时候我梦想买下像这样的一面满满的橱窗，然后坐在后面，与一只狗一起，坐上二十年。晚上，里屋有光，前屋一切暗暗的，我们仨一起在后屋坐着，吃东西；我曾留意过的：透过黑暗的房间，从街上望过去，盛大，庄重，永远都像最后的晚餐。（但如此，人便总是得应对所有的、大大小小的忧虑。）……你知道我的意思——并非抱怨——毕竟，如此也是好的，甚至会更好……

他那么重要，那么动人

aber für uns gilt er und ist rührend und wichtig

1907
10.06
＊
周日下午

……雨声、钟声敲打着时辰：这已成为一个模式，一个周日的模式。不管你知道与否，它都必将是周日。它就这样在宁静的街上响着。但在今晨我走过的这片古老的贵族区，曾有过多少个周日。圣日耳曼下城区已经歇业的古老旅馆，灰白的百叶窗，素朴的花园、院落，上了锁的铁艺的门，门紧闭着。有一些非常地高傲，久经世故，只可远观。这些也许就是塔列朗家（Talleyrands），高不可攀的贵族。但接下来是一条安静的街道，房子小了一点，高贵的神态却不相上下，异常地萧远。有一扇门正要关上；一个穿着晨装的仆人，又转过身，殷勤而若有所思地望着我。而在那一刻，我似乎觉得只需要发生一点细微的变化，他就会认出一个人来，转过身来，打开大门。楼上就会有一个老妇人，大清早的，然而还是要准备着迎接自己心爱的孙子。受老妇人信任的女仆，她微笑着，殷勤转告。穿过垂着布幔的一个个房间，她领着路，在前面，含着身子转过头来，因为纯粹的热切与不安而走得急。一个陌生人在这样的穿行中可能会茫然一片，但你却会感受到所有那些相关事物的存在：那些画像的凝视，八音钟的表盘，以及镜中的涵纳，在镜中，留存着这个黎明的菁华。瞬间我就看到灯光盈室的沙龙，在黑暗中异常明亮。而有一个更暗的房间，因为后面的家族肖像吸收了所有的光。所有这庄重转予你，小心翼翼地预备去见这位穿着紫白衣服的老妇人，你无法想象另一种场合的她，因为她有太多所属……

我穿过安静的街道，依旧沉浸在自己的幻想里，却在一家糖果店的橱窗里看到一些美丽的旧银器。银罐盖上有着微微下垂的饱满银花，梦幻般地倒映在曲弯的罐顶上。

此刻很难相信这就是引导我走向"秋季沙龙"的那条路。但最终我抵达明亮绚丽的绘画市场里——尽管它竭力要留下印象，也没有驱散我的内心情绪。矜持的老妇人，我想对她来说，到这里来看这些画作，是多么地屈尊降就。我好奇自己能否找到可以告诉她的，找一间贝尔特·莫里索（Berthe Morisot，马奈弟媳）画作的房间，伊娃·贡萨雷斯（Eva Gonzalès，马奈学生）画作的一面墙……塞尚不可能是给老妇人看的；但对我们正好，他那么重要，那么动人。他也（如戈雅）一般在埃克斯自己的画室墙壁上绘了自己的幻想[其中的一些被尤金·德鲁特（Eugene Druet）拍摄了，陈列在这里展览]。

在这里，所有的真实都站在他这边

Da ist alle Wirklichkeit auf seiner Seite

1907
10.07
*
周一

……今早我重返"秋季沙龙",看到梅耶-格雷费[13]再一次站在塞尚画作前边……凯斯勒[14]伯爵也在那里,给我说了《图像书》中许多美丽真诚的东西,他与霍夫曼斯塔尔曾将这本书大声念给彼此听。所有这些都发生在塞尚的展厅里。在这里,它用强悍的画作摄人心魄。你知道的,我一直觉得在画作前面流连的人要比画作本身更奇特。在"秋季沙龙"这里同样如此,但塞尚的展厅除外。在这里,所有的真实都站在他这边:在他浓密的夹层蓝中,在他的红,他的没有暗影的绿,以及他的酒瓶那透红的黑中。他所有的物都那么粗朴:苹果,全不过是用来酿酒做菜的酸果子之类;酒瓶,是可以放在旧外套圆鼓鼓口袋里的那种。

---

13 Julius Meie-Graefe(1867—1935),德国艺术评论家、小说家。曾写过印象主义、后印象主义以及之前之后一些绘画流派的艺术评论,被译为法文、英文、俄文,是研究这些艺术现象的重要资料。

14 Harry Graf Kessler(1867—1937),英德伯爵、外交官、作家、现代艺术赞助人,曾赞助过蒙克、马约尔、霍夫曼斯塔尔等艺术家及诗人。

它们变成
真真切切的物,
在它们坚定的异质性中
牢不可摧

so sehr dinghaft wirklich werden sie,
so einfach unvertilgbar in
ihrer eigensinnigen Vorhandenheit

1907
10.08
*
周二

……在"秋季沙龙"两日后,再穿行在卢浮宫中,是很奇怪的,你会马上注意到两点:每一种眼力都有其新贵,暴发户,一旦有了这个眼力,他们便发声;之后,可能就完全不再跟眼力有关了,就有太多的观念生出。仿佛卢浮宫里的那些大师都不知道色彩之于绘画的重要。我曾看过那些威尼斯人:他们在色彩上激进得难以言传;你可以感到色彩在丁托列托[15]那里走得有多远,比提香[16]都要更远。这样直到进入十八世纪,他们只是在黑色的运用上有欠缺,不到马奈那样的标度。当然,瓜尔迪[17]是有黑色的;自禁奢令颁布,要用黑色贡多拉之后,在所有明亮处的中间地方不可避免地就有了黑色。但他依然更多地是将它当作一面黑镜子,而非一种色彩来用;马奈是第一个——当然,是受日本的启发——赋予黑色与其他色彩同等价值。瓜尔迪与提埃波罗[18]的同时代,还有一个女人也在画,是威尼斯人,她在各大宫廷间出入,她的名字在她的时代里广为传播:罗萨尔巴·柯芮列[19]。 华托[20]是知道她的,他们交换过

---

15 Tintoretto(1518—1594),意大利画家,文艺复兴绘画的杰出代表。他的画具有个人风格的透视法,又不失"威尼斯画派"的光与色。

16 Titian(1488—1576),16世纪"威尼斯画派"的重将,人像、风景、神话学以及宗教学主题兼备,美术史上公认的色彩大师。

17 Francesco de Guardi(1712—1793),威尼斯画家。擅长描绘威尼斯城市,敏感于光线以及颜色的闪烁。今日被视为印象主义先驱之一。

18 Giovanni Battista Tiepolp(1696—1770),威尼斯画家,以壁画最为著名。

19 Rosalba Carriera(1675—1757),威尼斯画家,属洛可可流派。早期擅长小型肖像,后来以彩蜡画出名。

20 Jean-Antoine Watteau(1684—1721),法国画家,追求色彩与运动,被归为鲁本斯与科雷乔一脉。

一些粉笔画,也或者他们自己的肖像画,彼此保持着和厚的关系。她到处旅行,在维也纳作画,她有一百五十多幅作品至今还保留在德累斯顿。卢浮宫有她三幅肖像画。一个年轻的女子,直着脖子,上面一张脸天真地扭向观者,低颈露肩蕾丝衫前面是她抱着的一只圆睁双眼的卷尾猴。在画面下方,胸像的边缘处,这猴子热烈地凝望着,一如画面上这女子的所为,只是微微有点漠然。不忠的小小黑爪伸向她,用其中一根细长的手爪拉着她慌乱的纤手,拉向画里。所有皆是一时的,却又适于所有的时代。明丽,柔和,而真实。画中还出现了一件蓝色的披肩,以及一茎全白夹淡紫的紫罗兰,奇妙地当作了胸饰。我注意到这是一种特殊的十八世纪蓝,在当时处处可见,拉图尔[21]有,佩罗内[22]有,甚至在无止息地追求着优雅的夏尔丹那里,在他那幅戴牛角框眼镜的自画像中,那古怪头巾的束带上,也已经开始无所顾忌地在用。(可以想见,如若有人写出一部有关蓝色的专著,从庞贝壁画的厚蜡蓝到夏尔丹,再到塞尚,这将是怎样的一部变迁史!)塞尚独特的蓝,循的是这个源流,起自十八世纪的蓝,夏尔丹剥去其矫饰,而现在是塞尚,让其不再带有任何第二义。究竟说来,夏尔丹是个中转;他的水果不再心怀一场晚宴,它们散落在餐桌上,不在乎吃起来甜美与否。而塞尚这里,它们完全不再是可食性的,它们变成真真切切的物,在它们坚

---

21 Maurice Quentin La Tour(1704—1788),法国洛可可派画家,以彩蜡肖像著称。为伏尔泰、卢梭、路易十五作过肖像。

22 Jean-Baptiste Perronneau(1715—1783),法国洛可可派画家。

定的异质性中牢不可摧。看夏尔丹的自画像,你会想到他定然是一个怪老头。塞尚与之何其相似,而在他这里,又是怎样一条悲伤的路子,也许明天我会告诉你。我知道他生前最后一年里的一点事情,那时他已经老了,衣衫褴褛,每天去画室的路上,有孩童尾随,以石头掷他,如掷一条烂狗。但内底里,最深的内底里,他美,美得不可思议。他时不时会对他的稀客喊出一些狂言。你能想象那发生的情形……

从这样的凡物中造出他的"神圣";
他迫令它们,迫令它们美,
去意指整个世界,全部的喜悦,所有的荣耀

  Und macht(wie Van Gogh)seine Heiligen aus solchen Dingen; und zwingt sie,
schön zu sein,die ganze Welt zu bedeuten und alles Glück und alle Herrlichkeit

……今天我要给你讲一点塞尚。关于他的劳作习惯,他宣称自己在四十岁以前一直过着波西米亚式生活。就在那时,因为同毕沙罗的熟识,他才生发出劳作的兴趣。但随后就一发不可收拾,接下来的三十年他一事不做,除了劳作。在不断的愤懑中,在同每一幅画作的冲突中,似乎实在并无什么乐趣。而似乎也没有一幅画作实现他所认为的不可或缺之物。la realisation(实现),他如此称谓[23]。这是他在那些威尼斯人那里发现的。对这些威尼斯画家,他在卢浮宫里一遍遍观摩,并做出毫无保留的认可。凭借其对外物的独特体验,让物生成,并真切,提升现实,乃至于不灭之境,这似乎就是他最深远的劳作目标;年迈,衰病,因为白天的劳作(常常六点,吃完饭,眼看要天黑时就睡觉)而精疲力尽到虚脱的地步。他愤懑,心怀犹疑,去画室的路上每次都要被嘲笑,被愚弄,被戏谑,但依旧做礼拜,参加弥撒、晚祷,一如他小时候;非常礼貌地向布蒙(Bremond)女士,他的管家,请求一些稍微好点的饭食:他依旧日复一日地希望,或许可以抵达目标,他认为这才是唯一重要的。在这样的践行中(如果你可以信

---

[23] 海德格尔在自己的艺术哲学沉思中,除了早年特别关注凡·高外,也曾将目光长久地投向塞尚。而里尔克谈论塞尚的这些书信也正是在海德格尔的强烈劝导下于1952年得以出版。海德格尔晚年在一组名为"Gedachtes(虚构)"的文札中两次讲述塞尚所谓的"la realisation(实现)"。一次是1974年的陈述:塞尚所谓的la realisation即是/让事物于其明澈的/在场中显现——以这样的方式/让其显像与其显现之间的/(二元)分裂/融入其画作纯粹闪耀的/(一元)纯一中。1971年的陈述:在画家晚年的作品中,事物的呈现/与其在场之间的(二元)分裂/(一元)如一;马上,两者俱得/"实现",俱得超越,/转为一种神秘的归一。

任一个与每个人都有那么点联系而又不是那么意气相投之人的证词[24]），他以最坚定不移的方式一直不断地增加着劳作的难度。画一幅风景或者静物，面对主题，他坚定不移，小心翼翼。他自己的处理却是繁复迂回。开始是最暗的色彩，然后用一层颜色覆盖其深度，每次只超出之前色层一点点，这样，一直反复，逐渐地从一种色到另一种色，乃至另一种有着鲜明分别的图像元素，然后便以此为中心，用同样的手法继续处理。我想在两种行径——开始的观看与确信的挪用，随后对所挪用之物的领会与个人运用——之间存在着冲突以及相互斗争；或许这是他有意而为的，这两种行径会当即彼此反对，吵吵嚷嚷，不停地互相打断，互相驳斥。老人忍受着它们的纷争，在自己的画室踱来踱去，室内光线不足，因为建造者觉得没有必要特别在意这位怪老头，在埃克斯，没有人把他当回事。青苹果四处散落，他在自己的画室踱来踱去，或者走至花园里，失落地坐下。他面前就是小镇，小镇上的大教堂，它们浑然不觉；这镇子是那些体面、淳朴的市民们的，而他——正如他的父亲，一个帽商，早已预见的——已是异类：一个波西米亚人，他父亲早已预见的，是他自己相信的。这位父亲，他知道波西米亚人"生于贫穷，死于贫穷"的命运，早早决定为儿子工作，成为一个小银行家（"因为他诚实"，如塞尚所言），人们将钱放在他这里，多亏这一远见，塞尚后来才能够安安静静地作画。他或许是

24　这里是指画家埃梅尔·伯纳德，少数几个与塞尚晚年来往的画家。他后来写过他与塞尚的一些言谈，虽然因为过于文艺而饱受质疑，但一直是研究塞尚最早也是最重要的参考资料。

参加过父亲葬礼的;他也爱自己的母亲,但她下葬时,他不在。他沉浸在他所谓的"sur le motif"(户外画)里。劳作对他已然如此重要,他不容许有任何例外,哪怕是体现他孝顺与纯朴的如此重要的场合。

他在巴黎渐渐为人所知。但对所有非他自己所取得的绘画进展(但凡别人所取得的,且不管如何),他有的只是怀疑;左拉(他的普罗旺斯同乡,童年的熟伴)在《杰作》[25](l'oeuvre)这部小说里对他的命运以及意图是怎样的误解,清晰刻在他的记忆里。自此之后,他自闭于所有的文字。"travailler sans le souci de personne et devenir fort"("不理会任何人,劳作,变得强大"),他曾对一个访客如此咆哮。但当后者,在吃饭的间隙,讲述《无名的杰作》(我以前给你讲过的)——在那里,巴尔扎克以不可思议的预见创造了一个名为福伦霍夫(Frenhofer)的画家。他发现其实并无轮廓,有的只是震荡与变幻。画家因为这不可能完成的任务而崩溃。听到这个,老人从餐桌边站起来,罔顾布蒙夫人——她当然不喜欢他这种乱来。老人激动得说不出话来,用手指一而再,再而三,明明白白地指着自己,自己,自己,当时说有多痛苦就有多痛苦。左拉不懂得,懂得的是巴尔扎克。他早已预见或者预感到绘画中会突然出现某一个庞大到无人能够处理的东西。

然而第二天仍然要重新开始自己的挣扎;每天早上

---

25 左拉的小说。

六点钟起床，穿过小镇到达自己的画室，在那里待到十点；沿原路返回吃中午饭；吃完，再次出发。有时走到画室后，还要再走半个小时，在一个山谷里作"sur le motif"，山谷前面，圣维克山脉起伏着，带着万千的挑战，难以描述。然后他会在那里坐上数小时，沉浸于寻觅，纳入平面（令人注意的是，他一直说的这个词也正是罗丹所用的同一个词——法文的plans）。他常常令人想到罗丹的表述，比如当他抱怨他的老城是怎样地日渐遭到破坏、被毁容的时候。只是罗丹是以其了不起的、自信的平和，做着实事求是的评说，而塞尚，年老、苦病而孤独，被愤怒攫取。傍晚回家路上，他又为一些变化生气，暴怒地回到家里，而当他发现愤怒是怎样让他精疲力尽，便对自己许诺：我要留在家里；劳作，劳作，只有劳作，别无其他。

因为埃克斯越来越糟的变化，他惊恐地推测别处也发生了同样的事情。有一次谈话，话题转向当下环境工业等那些，他就爆发了。他"目光可惧"，喊着："Ca va mal ... C'est effrayante la vie！"（糟糕……恐怖的生活！）

外面，模模糊糊，日渐可怕；近一点，在身边，是冷漠与嘲笑。随后，这位劳作的老人突然画起裸体来了，但他只能照着四十年前巴黎所做的旧素描来画，他知道在埃克斯是不会给他找到模特的。"我这个年纪，"

他说，"最多能找到五十多岁的女人，更何况，在埃克斯可能连这个都找不到。"于是，他就用自己的旧素描做模特。把他的那些苹果放在床单上（布蒙夫人早晚有一天会找不到的），在苹果中间放上酒瓶或者不论什么刚好遇到的东西。如凡·高那样，他即从这样的凡物中造出他的"神圣"；他迫令它们，迫令它们美，去意指整个世界，全部的喜悦，所有的荣耀。他不知道自己是否说服它们完成了他所想要的。他坐在花园里，像一条狗，一条劳作的老狗，劳作再一次召唤着他，饿他，鞭挞他。然而他以其自身全部的存在依附于这个高深莫测的主人，而这个主人只允许他在周日那天返回到上帝——好像他原主人——那里一会儿。外边，人人都在谈说他的名字：塞尚。巴黎的绅士们写到的时候，就要强调一下，骄傲于自己的见多识广。

我要把这一切都告诉你，因为是与我们周边的千千万万，与我们自己都是关联着的。

外边依然是豪雨。再见……明天我会再说说我自己。但你知道今天我所给你讲的里面有多少是我自己……

然后，
很久很久都一无所见。
再然后，
骤然地就开了眼

    Und dann lange nichts,
     und plötzlich hat man die richtigen Augen

1907
10.10
＊

周 四

……没有阻力就不会有运动，我们所相遇的一切事物也就不会有节奏地循环往复，如果不明白这个，那么就很是困惑、苦恼了。因为钱，你不能来看（这场让我完全沉溺的）"秋季沙龙"，同样因这个缘故，我可能不得不放弃我自己的旅程，纵然在内心里，在我的期盼中，它依旧等着我，热烈，完好无缺……

其间我依旧还是要去塞尚的展厅。关于塞尚的展厅，我想在昨日信后，你现在应该也有些想象了。今天我在某些画作前面又待了两个小时，我感到这对我是颇有益处的。可以展现给你吗？实在是无法一口气说完。在两三幅精选的样品里就可以看到塞尚的全部，毫无疑问，我们本可以很早在别处，比如卡西尔[26]那里就看懂他的，却直到今日。花了太久太久。我还记得自己的困惑、不安，那时第一次看到他的作品，还有他的名字，都是全新的。然后，很久很久都一无所见。再然后，骤然地就开了眼……如果有一天你能来，我一定要带你到《草地上的午餐》这里，到那个坐在枝繁叶茂的绿色反光中的裸女这里，处处皆是马奈，以难以言喻的表达手法去营造，许多次徒劳的尝试后，突然就出来了，就在那里，成功了。所有的手法都放出来了，融在他最后的成功里，乃至你几乎觉得根本就没什么手法。昨天我在这幅画前面站了很久。但这奇迹，每次只对一人有效；只对发生奇迹的圣者有效。塞尚必须一再地从一切开始，从根底开始……

---

26 Paul Cassirer（1871 — 1926），柏林画商、出版人。里尔克早于1900年秋天就在柏林的卡西尔那里见到过塞尚的作品。这在当年11月8日他给克拉拉·韦斯特霍芙的一封信里提到过。

风吹着。
　　变幻着。
　偶尔地，
　有挥霍狂喜的一刻

　　　　Es weht,
　　　　es verwandelt sich,
　　　　und es hat Augenblicke glücklicheer Vergeudung ab und zu

1907
10.11
＊
周 五

……今日去了河滨,空空阔阔的,风吹着,凉凉的。真好。圣母院与圣日耳曼奥塞尔教堂后面的东边,那最后的已被抛掷了一半的灰色日子全都串起来。在我眼前,杜伊勒丽宫那边,向着凯旋门的地方,开阔,明亮,轻扬,仿佛这是一个有着千万条路可带你逸出尘世的地方。一大棵羽扇般的白杨正喜悦地长着叶子,后面是这片全然无助的蓝色,后面是无尽的、巨大的苍茫——上帝在其自身面前延展着,没有任何透视。

自昨日起,不再一味地大雨滂沱。风吹着。变幻着。偶尔地,有挥霍狂喜的一刻。昨日,当我看到微月再次在珠母贝般的夜空里现身,我顿时明了,带来这变化且为之作保的正是它。当它盈至满月,在秋日夜空里辉洒庭院之时,我又身在何处?……

事事物物皆是对的，
正正当当的，
投身，和音，入这明亮的一体中去

    alles stimmt, gilt,
    nimmt teil und tönt in der Einheit der hellen
    Zusammen-hänge

1907
10.12
*
周六

……比起上周,离开屋子不再是那么难了。想象能陪伴你的是怎样的一弯微月。这是那样的一种日子:万物如一,明亮,轻盈,通透,然而各自分明;甚至近在眼前的也有了遥远的调子,远远的,只给你展现,而不如寻常那样,放在那里;一切有着远意的事物——河流、长街、桥、辽阔的广场——都被这远意所抱紧,所溶没。一切都画在上面,如在锦缎上。你可以感受,新桥上怎样一辆淡绿的四轮马车,或是随意的某种不能自持的红,或就是一排珍珠灰房屋风火墙上的海报。一切都被简化,简成一些规则的光平面,如马奈一幅肖像里的脸庞。没有一样是多余的,无关紧要的。沿岸的旧书铺子把书箱都打开了,或嫩黄或萎黄的书页,紫褐的册子,绿的图纸——事事物物皆是对的,正正当当的,投身,和音,入这明亮的一体中去。

最近,我有时候会让马蒂尔德·福尔默勒尔与我一起去看沙龙,我好看看在一个我觉得比较沉着冷静且不受文学纷扰的人在场的情况下,自己的印象。昨日我们便是一起过去的。塞尚让我们无暇他顾。我越来越留心具体是怎样的一回事。但当福尔默勒尔小姐以她画家的训练与眼光告诉我:"塞尚坐在前面,就像一只狗,只是观看,心平气静,心无旁骛。"你可以想象我当时的惊讶。且她讲了一些关于他创作态度的好东西(这个可以在他一幅未完成的画作中辨识到)。"这里,"她指着一小处,"他知道的,他就开始讲述它(一个苹果的局部）；它旁边这里，就空着，因为是他尚不知的。他只画他所知的，仅此而已。"我说："真是个问心无愧的画家。""是的。在内心的某处，他是幸福的……"然后我们看了他大约在巴黎，还与别的画家在一起的时候所作的一些"美术"作品，然后与那些有他自己鲜明风格的作品做了比较，关于色彩的比较。前者这里，色彩只是其中的一种，是自为的；后者那里，则是个人的运用，某种程度上，他把它运用得好像之前从没有人曾用过色彩一样，为的是画出物象。在其实现中，色彩被用尽，一毫不剩。福小姐说得意味深长："仿佛它们被放在天平上：这里是物，那里是色彩；不多，不少，刚刚好够一个完美的平衡。多一分，或是少一分，要看情形，但永远是恰好与物等量。"这是我之前从没有想到过的；但直面画作，你即发现这话是富有启发的，正确得昭然。昨日我还注意到它们（塞尚的画）是如何地与众不同而不自觉的，怎样地漠然于原创，自信于每一次向着自然那万千之一面的奔赴都不会迷失；或者说，自信于认真严肃得穷究自然的万千面相，即可发现内里无尽的本性。这一切都极美……

他转向自然,
知道如何咽下自己对每一个苹果的爱,
将它永远留在画出来的苹果里

> wandte er sich nun auch an die Natur und wußte seine Liebe
> zu jedem Apfel zu verbeißen und in dem gemalten Apfel
> unterzubringen für immer

1907
10.13
*
周日

……如我一再给你讲的那样，雨再一次下起来；仿佛上天只作一瞬明亮的瞥视，随即便继续埋头阅读雨水规则的诗行。但黯淡积云之下，有光，有深沉，昨天看到了，就再不会轻易忘怀，起码此刻，我是深明的。

今日一大早我就读你的秋日，你放入信中的所有色彩，又变回我的感觉里，带着光，带着力量，把我的心都盈满了。昨日，我在赞美此地熔融秋日之明亮的时候，你正在归家的路上穿过另一个秋日，你的秋日是画在水杉上，而我的在锦缎上。这一个秋日穿过我们，另一个亦然；我们被深深地置于一切变幻的底部，我们是最无常的，我们急急地四处走，要去领会一切，而（因为我们无法彻底领会）便将无穷化简为心行，以免于被毁灭的恐惧。如果我能过去，去看你们两个，我肯定会以一种新的、不同的眼光，同样看到那些荒野的庆典，石南花，草地亮绿的悬浮，白桦林。尽管这种变幻是我曾完全体验过、分享过的，曾激发过部分的《时辰书》。但彼时，自然于我还依然只是一个寻常的刺激，一个召唤，一把一再碰手而找不到弦的乐器；我尚未坐在她面前；我听任自己被自然中逸出的灵魂带走；她以她的雄浑、她的庄严存在攫取了我，如预言之于扫罗；真真如此。我一路地走，一路地看，但看的不是自然，而不过是她启示于我的幻相。在塞尚面前，在凡·高面前，我那时候所学到的是多么微少。现在，在塞尚的鞭策下，几乎可以说我是完全变了。我正在成为劳作者的路上，可能是条漫漫长路，可能我还只是刚刚抵达第一个里程碑处。然而，我已能够理解这位老人，他走在前面的某处，一个人，跟着的只有一些掷石的孩童。今日，我又去看他的画了。它们营造出来的环境太令人瞩目。不用看具体的某幅画，站在两个房间的中央，你就能感到它们的存在，汇集着卷入浩大的现实。仿佛这些色彩可以一劳永逸地疗治好一个人的优柔寡断。这种种红、种种蓝的问心无愧，它们的简朴，教导你；如果你站在它们中间，是做好了一切准备的，就会感觉它们好像在为你做些什么。你也会——一次比一次更清晰一点地——注意到，超越爱是多么必要。当然，你所创作的每一件东西都是你所爱的，这本是自然的，但如果你直接展示，便不太合适；因为你这是在评鉴它，而不是在述说它。一个人不再不偏不倚，爱，这最佳的，停在作品之外，不进入其中，留在侧旁，没有传译：意境画即是如此而来（它绝不比格物画更好）。他们画：我喜欢这里，这里；而不是去画：如是如是。由此，人人都必须自己来看看我究竟爱还是不爱。这爱完全不露声色，许多人甚至宣称这与爱毫无关系。创作中，这爱被用尽，如此彻底，乃至一丝不留。爱耗尽，在无名的作品里，产生如此纯粹之物，也许没有谁能像这位老人一样在他的作品中得以淋漓尽致地实现；他那已经变得多疑、阴沉的内在本性，在这过程中支持着他。如果他怀有一份爱，也无人可以展示；多亏他的隐逸癖，他的处理现在完全成熟了，他转向自然，知道如何咽下自己对每一个苹果的爱，将它永远留在画出来的苹果里。你能想象那是什么样的，通过他对此的体验又是什么样的吗？我收到来自"岛屿出版社"关于《新诗》的第一份试印样张。在诗中，有一种本能朝向一种类似的客观。我要保持《瞪羚》（*Gazelle*）本来的样子：它是好诗……

这些手醒来：想象。
这些手指伸展，张开，如星芒，或者蜷曲了，
搭着彼此，如同耶利哥玫瑰

    Diese Hände im Wachen:denk Dir.
    Diese Finger gespreizt, offen, strahlig oder zueinander gebogen
    wie in einer Jericho-Rose

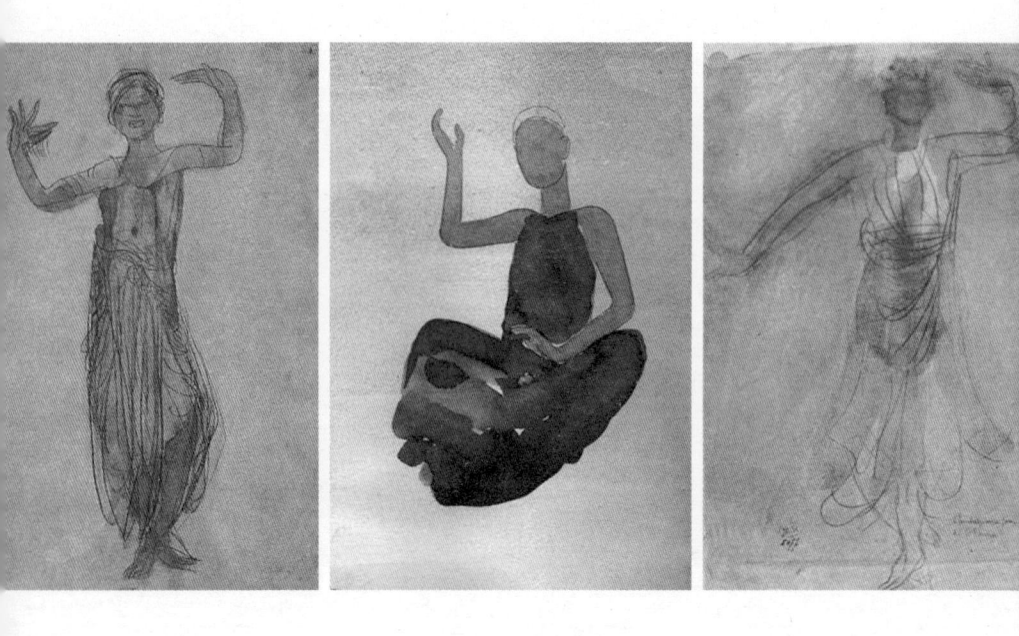

1907
10.15
＊

周二
凯瑟特街
巴黎六区

……现在，在一切之上，想想罗丹的素描；它们原来是要在"秋季沙龙"展出的，展目上有一页都标明了。但原本给他保留的展间一直被一些劣质品堆满了。然后今天在大街上突然看到说它们在波恩海姆·热恩画廊展出，一百五十多张。你可以想象，我抛下所有事情，赶了过去。那些素描的确都在，有许多幅我都见过，有些之前曾帮忙用廉价的白金木框装裱。我见识过它们：但我真的见识它们吗？其中有太多对而我言是异样的（是因塞尚，还是因流逝的时间？），两个月前关于它们，我所写的那些早已经萎缩到不过是能说得过去罢了。就某些地方而言，依然是成立的；然而，一如往常，每当我误入艺术写作里，它的有效性更多的是一种个人性的、一时的洞见，而非源自画作本身的一个客观事实。让我苦恼的是，它们是自明的，原本如此容易被阐释；而我发现自己恰恰被那些通常看来打开了各种视野的东西给限制住了。我倒更宁愿它们那样，没有任何陈述，更为慎言，更加真实，徒留己身。我敬佩那些独自走着新路子的作品；其他那些似乎在有关它们的阐释的倒影中闪烁的，我是拒绝的；直到我碰到那些自己所不能够理解的作品。我发现其中散落着大约有十五幅新作品，均是罗丹追随西索瓦国王访问巴黎带着那批舞蹈演员时所作的，为的是能够给她们更佳更长久的赞美[27]。（你还记得我们那时候所作的相关读解吗？）她们就在这里，这些小小的曼妙舞者，如同变

---

27 1906年柬埔寨国王西索瓦（Sisowath）访问巴黎，带了一个歌舞团，表演民艺。罗丹出席了巴黎的表演，震撼于这东方热带的舞蹈之美，随着表演一城一城地追，直到马赛，直到离开法国。罗丹为此创作了一组素描作品。

幻的瞪羚；两条长长细细的胳膊越过肩膀，越过苗条浑厚的躯干（拥有着佛像的丰满修长），浑然一体中锻造出的一长条，一直到腕部，然后是手，在上面做着种种摆姿，轻快，独立，如同演员在舞台上。是怎样的一双手：知道如何睡眠的佛手，在一切已经逝去之后，心平气和地放着，手指并连，在膝盖边上休止了数个世纪，手掌朝上；要么，就是在腕部陡然翻起，唤起无尽的静默。这些手醒来：想象。这些手指伸展，张开，如星芒，或蜷曲了，搭着彼此，如同耶利哥玫瑰；这些手指欢喜，欣悦，抑或惊惧，在长臂的尽头展现着：它们自己起舞。而整个躯体被用来保持登峰造极的舞蹈平衡：在空中，在它自身的气息里，在黄金一般的东方神韵里。再一次地，他煞费苦心，几乎精巧地借用了每一个偶然；一种薄薄的棕色描图纸，装裱后，便成倍成倍地产生一种细细的绉纹，令人想起波斯手稿。而淡色的轻敷，有一种珐琅的玫红，一种幽秘的蓝色，仿佛来自最最珍贵的细密画，但正如他画作中所一以贯之的，非常原始。会想到花，标本集里的那种，在这里，干燥的处理最终意外地平添了一种别样的花姿。枯花。自然地，想及此后，马上在另一处看到了他欢快的书写："花·人"。这题名几乎可以说是太糟了。他并没有让我们想这么远：因为这是相当地显而易见。然而，我依然被打动了，我马上便懂得了他，一字一句地，一如从前经常地那样。晚安。

三面镜子,含着三方不同的空虚

mit drei Spiegeln, davon jeder eine andere Leere enthält

1907
10.17
*
周 四

　　……昨日雨一直下，一直下，不停息，现在，再一次开始。抬头直望出去，你会想：是要下雪了吧。昨夜我被月光惊醒，在一排排书上面的一个角落里，并非朗照，只是一光点，覆了墙上的一处，如碎银片。整个房间四面八方，满满地都是冷夜；它躺在床上，你可以说它还在衣柜下，在五斗橱下，在挤挤挨挨的物件中间，在黄铜吊灯那里，那灯看着真冷。但清晨明亮。东风作前线，发现这城是这样广阔，便浩浩荡荡地侵了进来。天上，水润的云被风吹着，逐着，成云朵的群岛，群岛麇集，灰色的，如一种水鸟的胸羽或颈羽，在冰冷的极乐之海中，遥遥的，凄微而几不可见的一点蓝。而在这一切之下，低处，依然是协和广场以及香榭丽舍的树木，荫荫的，在西天的云朵下，简作一种黑绿。往右去是些房子，亮堂堂的，在阳光里，而窗户被风吹开；背景里更远的地方，在一片鸽灰蓝中，又有些房子，一起被锁拿入平面里，一排排紧挨着的如直角采石场一般的平面里。当我走向方尖碑（其花岗岩周身总是有一种古老而温暖的淡淡微光，在其象形文字——尤其在反复出现的鹰形——凹处，一种古埃及暗蓝被留存下来，像在颜料盒的井凹处一般干涸了），奇妙的香榭丽舍大道突然难以察觉地斜向下涌来，迅疾，丰沛，如一条许多个世纪以前的河流，汹涌着，穿过凯旋门的悬崖绝壁，开出一条道，直到星形广场后面。所有这些都躺着，是一种天然风光的慷慨，抛出一片空间。屋檐上，向上，向上，旗子不断地伸向高空，舒展着，鼓动着，像要飞了：向上，向上。这即是今日我去看罗丹素描所见的情形。波恩海姆先生先带我去他的收藏室，给我看凡·高。《夜间咖啡馆》，我以前写过的，但还有太多要说的，关于它，在酒红、灯黄、深绿、浅浅绿中蕴着人为的失眠，还有三面镜子，含着三方不同的空虚。阿尔镇上的公园或者只是其中的一条小径，着黑衣的人坐在左右两边的长凳上，前面是一个蓝衣服的读报人，后面一个紫罗兰色的女人，包围在树木与灌木刀砍斧削、横七竖八的绿中。一个男人的肖像，背景是黄色以及透着绿的黄色，看上去好像是用新鲜芦苇编织的（但当你后退几步，它的亮度又简化均匀了）。这是一个上了年纪的男人，黑白胡子，短发，有些稀疏，同样的颜色，头骨宽阔，下面是凹陷的面颊：整件作品用了黑白，玫红，幽幽的暗蓝，一种不透明的蓝白——除了棕色的大眼睛——最后一张：是他一直在延宕，反反复复画了再画的一类风景，而这是其中的一张：一轮落日——黄黄的，又带有点橘红——被其金黄的光辉所包围，圆圆的一片：与之相对的，满满的反叛，蓝色，蓝色，蓝色的山斜斜地起伏着，一长条和缓的律动（是河流吗）将它与暮光分开，暗古金处是透明的。在画作前三分之一的地方，你可以看到一片田地，一捆捆的禾堆。这之后，再次看了罗丹的东西。

  但现在依旧在落雨，落雨，细密，响亮，其间再无别的声响。修道院花园的墙壁转角处生满苔藓，星星点点，绿得发亮，是之前所从不曾见过的。再见……

书写塞尚现在对我来说是个极大的诱惑
der nun natürlich viel Verlockung für mich hat

1907
10.18
*
周五

……你说你不由地将那些蓝色纸片[28]与我的塞尚体验作比,你知道你这么写的时候,这些洞见对我是多么地有益处。你现今的所言以及温暖的肯定,我多少有些犹疑。我尚不能够说出相对塞尚在他绘画里实现的无尽进展,我在这个方向上,究竟行进了有多远。我唯一可以肯定的是,有一种个人的内在理性让我观看某些画。这些画,要在以前,我可能一时兴起会走过一遍,但是不会兴趣盎然、满怀期盼地重看第二遍。我研究的根本不是画作(无论如何,我依旧对画是心中没底的,分辨上好与次好画作还是有困难的,且总是将前者与后者弄混了)。我辨认的是画中的转捩点,因为我已经在我的作品中抵达了这一点,或者起码某种程度上接近了它,也许这么久以来就为的是等着这一件攸关之事。那就是为什么在尝试书写塞尚的时候我一定要小心翼翼。书写塞尚现在对我来说是个极大的诱惑……正是这种无尽的客观,拒绝异类者的任何干预,在塞尚的肖像画里给人一种如此冒犯、滑稽的印象。他纯粹是靠色彩来再现那些苹果、洋葱、橘子。对此,人们知道,但并不懂得,还依然认为不过是一种次要的绘画实践手法。但到风景画这里,他们就失却判断,不得要领。再到肖像领域,不知为何,认为是与理性有关,乃至这种看法流传到不错的那些中产阶级这里,如此成功,乃至订婚照以及家庭照中都能清楚见到这样的影响。在这里,对他们而言,塞尚自然是不合格的,也完

---

28 里尔克书写《新诗》所用的一种底色为蓝色的纸。

全不值得探讨。实际上,他在沙龙这里也是孤独的,与他在生活中一样。哪怕是这些画家,年轻的画家,也已经快步走过,因为他们看到了他旁边的画商……

我们全部要做的就是在着,
但要热忱,要简单,像大地那样,
顺从于季节、光、黑暗、宇宙的一切,
不求任何依傍,
除了连星星于其中也安然的势流与强力场中

und wir haben im Grunde nur dazusein,
aber schlicht, aber inständig wie die Erde da ist,
den Jahreszeiten zustimmend,
hell und dunkel und ganz im Raum, nicht verlangend,
in anderem aufzuruhen als in dem Netz von Einflüssen und Kräften,
in dem die Sterne sich sicher fühlen

1907
10.19
*
周六

……我肯定你还记得……《马尔特手记》中,处理波德莱尔与他的《腐尸》那首诗的地方。我忍不住想,如果没有这首诗,我们如今在塞尚作品中看到的这种整体偏向于客观表现的手法可能就不会出现;它首先必须以其无情而得以展现。艺术知觉首先须得超越自身,乃至一切之中,哪怕是可怖、可憎的,均可以见得。正如大创作者是不可以有拣择的。存在的万物,他皆不可背对,无论何时,一次也不可。他被放逐于恩典之外;他是有罪的,自始至终。福楼拜,在他对"圣-于连"[29]传奇如此审慎的重述中,向我展示了神迹中单纯的可信度。因为艺术家自身参与了圣徒的决定,且赋予了他们他自己欢喜的应可及嘉许。与麻风病人共躺,分享自己肉身的温暖,包括夜晚里爱的心暖:某些时候这定然已是一个艺术家存在的一部分,是通往自己新的狂喜之路的自我降服。你可以想象我是怎样地感动——在最后几年,塞尚他能背诵波德莱尔这首《腐尸》,逐字逐句地背诵。的确,我们可以在他早期的作品里看到这个例子,在那里,他激烈地越过自身,以期实现一种最饱满的爱。在这奉献之后,便有神圣油然而生,开始是那些微物:这简单之物的一种爱,这爱它忍

---

[29] 福楼拜的《圣-于连·奥皮塔利耶传奇》是个短篇。于连出生被预言将来要做大事,乃至将成圣徒。但因为杀生被诅咒类似俄狄浦斯的命运。于是他逃离家庭,希望逃避掉这个谶语。但命运还是如预言——父母终究都死于他手上。再一次逃离,这一次逃离的是整个尘世。他在一条河边苦修,赎罪。有一天,一个麻风病人请他帮忙渡河,因为之前的暴雨,河水高涨。麻风病人过得了河,得寸进尺又要求食物,要求酒,要求于连的床,乃至要求于连身体的温暖。然而,于连毫不犹豫,一一满足他。原来麻风病人是天使,甚或可能是耶稣基督本身。以此,于连便侧身天堂。

耐,不夸耀,它临于万物,不依傍,不彰显,默默无语。真正的劳作,无数的委派,所有一切,皆唯有在这忍耐之后开启。凡尚不能至此境地的,在天堂里也许能得见圣母玛利亚,得见那些圣徒,小先知,扫罗王,勇士查理,但对于葛饰北斋与列奥纳多,李太白与维庸,凡尔哈伦,罗丹,塞尚一流(更别提上帝),他是不得见的,哪怕已是身在此间,在天堂里,他于这些所知晓的也不过是道听途说。

　　突然——也是第一次——我明白了马尔特·劳里茨的命运。难道不是这样吗——这考验超出了他的能力,他实际上已经无法忍受这命运了,不过他心里深信它的不可或缺,深信,乃至动用自己的本能去寻找它,直到它拥着他,抓着他不放,永远不再离开他。这部马尔特·劳里茨之书,一旦写成,定然会成为这种洞见之书,这洞见在一个人的失败那里得到证实,对这人来说,它太过庞大,太过沉重。也许,他终究是通过了这考验的。因为他写下了侍卫官之死(《马尔特手记》)。但就像拉斯科尔尼科夫[30],他被抛下了,被自己的所为耗尽,在需要行动来开启的那刻却停止行动,以至于他艰难获得的新的自由背他而去,让他手无寸铁,被撕成碎片。

　　哦,我们数着岁月,一段一段切分,这里,那里,起,止,起止间彳亍。但我们遇到的都是怎样的一事一物,一物与另一物是怎样地相联着,它是怎样地自我生

30　陀思妥耶夫斯基《罪与罚》的主角。

发，怎样地依自我本性而受教，而基本上，我们全部要做的就是在着，但要热忱，要简单，像大地那样，顺从于季节、光、黑暗、宇宙的一切，不求任何依傍，除了连星星于其中也安然的势流与强力场中。

终有一日，时间、沉着、耐性定会都集齐了，好让我继续书写《马尔特手记》；现在我知道他知道的更多了，或至少可以说："该知道的，我都知道了……"

必得时时刻刻能将他的手放置在大地上,
如人类最初的先民那样

Man muß jeden augenblick die Hand auf die Erde
lagen können wie der erste Mensch

1907
10.20
*****
周日

……相当一段时间里,因为这里的湿冷,在户外极不舒服;即便如此,一些勇敢的灵魂依然在茹文餐馆的门外流连,因为那些桌子也还在外面。只要有一日的坏天气,这些(他们所谓的)"阳台"就要移除了。不过今天,再一次地,极其意外,有人在宁静柔和的阳光里坐着;灿灿的早上。但刚巧我写信的时候,天又灰了,稀稀落落的几声鸟叫,像是要有一场雨,下面巷子里的脚步声越发寥落。今日我又做了一次"沙龙"的周末行。穿过安静的圣日耳曼下城区,经过府邸,它们高大的前门上,古老的大字有时依然可辨:Hôtel de Castries, Hôtel d'Aravay。奥尔洛夫(Orloff)宫殿是其中之一,它本属一个豪门家族所有。这家族曾得凯瑟琳大帝的扶助,因而飞黄腾达,穷奢极欲;多出名士,亦有美人,她们的微笑世代相传,有着悠悠的过往,奥尔洛夫家族的公主们,让整个巴黎为之倾城。你知道的,前面的建筑都有一个高高的拱门,庞大沉重,左右都有背街的窗子,对外边毫不理睬;唯有守门人的窗明净而热情,窗后是质朴的分开的帘子。然而,一旦大门的一只沉重的翅膀被打开,其醇和的黛绿中辉耀,凝视再不受到任何遏制。半明半暗的入口远处,府邸后退,好像在远远的街道后面,展现自身(是一些人炫耀自己新衣服的那种方式)。中门皆玻璃,打开几级下行的路阶,直到人迹罕至的庭院,所有窗子,大小都不逊于门,后面有帘幕垂着,如着华服。没有帘幕的地方,你可以看到飘带一般的楼梯安静地拾级而上。你感受到门廊的凉意，还有冷冷的墙壁，缄默着，超然物外，如筵席上的仆人，整个晚上唯一的目的就是传递高烛台。你相信，并且感受得到，这些府邸深处定有豪华的屋宇，那里定有一些东西是在某些人的血液里流淌着的。在那一刻，全部情感经停，在钟声之轻与古老的中国铜錾瓷器之重这二者中间——但若是你走进画廊，在那里，这些都并无多少意义，起码不是它们在圣-多米尼克大街这里的那种，也不可能是心悸——如同带着古香一样偶尔流经心田的一丁点血液。但这一切都将必得被散尽，舍弃，放下。即便是这些府邸的闲谈者也必得如此，要天真而贫穷地面对，而不是依旧像一个被诱惑者一样向往着。当然得不偏不倚，甚至要拒绝那些模糊的情感记忆、那些代代相传的偏爱和偏见的注解，如此才能把随之而来的力量、赞美和欲望无名且新奇地用在自己的任务上。必得贫穷十世。乃至必须要为先他之前的那些人而贫穷，否则，他就只能返回到他们飞升之时，他们最初的辉煌之时。但必得超越他们，进入根部，进入大地自身去感受。必得时时刻刻能将他的手放置在大地上，如人类最初的先民那样。

"我将以画作来回答你"

Ich werde Ihnen durch Bilder antworten

"我发誓,我要作画,到死为止"

Je me suis juré de mourir en peignant

1907
10.21
*
周一

……关于塞尚,我还有另外要说的:在他之前无人曾如此清晰地向我们展示绘画乃是色彩中的事情,人应该彻底放手,让它们在自身中达成一致。色彩与色彩彼此交流:这就是绘画的全部。凡干涉的,凡安排的,凡以任何方式注入自己的思考、心智、主张、心机的,皆是对这些色彩行动的妨碍与遮蔽。理想一点地说,一个画家(以及广义地说,一个艺术家)应该不觉于自己的洞察:不在自觉的反思中绕步,他前进的步伐对他自己亦是神秘难言,应是迅速地进入作品,迅速到在转化的那一刻连他自己都无法看清。啊,埋伏中等待着的艺术家,他们观察着,挽留着。他们会发现它们的点化如童话里美好的金子,因为一个小细节没有照顾到就永远不再。可以好好读读凡·高的书信,里面其实有很多说法是反对他自己的,正如还反对他自己当一个画家(可以拿塞尚放旁边作比),他想当这个,想当那个,他去了解并体验;蓝色呼唤着橘色,绿呼唤着红:这些在他,这个好奇者,暗中服从于眼睛的内在,于其中听取这种种。因此他作画凭借的是矛盾、思谋,还有,日本的色彩简化——在紧邻的次高或次低的色调上设置一个平面,将其累计到总值之下;这就再次勾勒或表达,也即发明出一个日式轮廓,概括出一个同等地位的平面:纯是设计,纯是随心所欲,一言以蔽之,纯是装饰性的。一个写作的画家,也就不算什么真正的画家,但他的信却激发塞尚就绘画的事情讲述自己。但当你看到这个老人所写的不多的一些书信，你会发现他的自我解释是多么笨拙，多么地自相矛盾。他几乎说不出个什么。他造的句子冗长累赘，杂七绕八，跌跌撞撞，臃肿不堪，最终他只能怒气冲冲地将它们放置一边。另一方面，他成功地清清晰晰写道："我相信最好的事情就是劳作"，或是"我每天都有所进展，虽然非常地慢"，或是"我差不多七十了"，或是"我将以画作来回答你"，或是"伟大谦卑的毕沙罗"（教会他劳作的人），或是在左冲右突的文字之后的签名（可以感到多么地如释重负，多么地优美），不缩写，一个字，一个字：Pictor Paul Cezanne。或是在他最后一封信里（1905.09.21），在抱怨自己糟糕的身体之后，简单一句"我仍将继续我的研究"，以及那一字一句的大愿："我发誓，我要作画，到死为止"，好似有关"死神之舞"的旧画里，死神从后面攫住他的手，而他还在画最后一笔，愉快地颤动着。他的身影在调色盘上伫停良久，他要有足够的时间从一系列色彩中选出最爱的那一种。那色彩一旦入了画笔，他便即刻动手，画起来……就那样，他站着，一笔一笔画着，那是他唯一能做的。

昨天，在"沙龙"我看到奥斯特豪斯（Osthaus），但他没有认出我。他似乎有兴趣买一些画。还遇到我们从费舍尔（Fischer）那里认识的伊利亚斯（Elias）博士。此外，他还谈到塞尚，以及塞尚面前的"双面世界"。此刻我在想我的旅程以及在布拉格、布雷斯劳、维也纳时人们的谈论——以及误解。所有的滔滔不绝都是误解。洞见只会在作品内部。这是毫无疑问的。依然在下雨，下雨……他们明天就要关了沙龙。这几周里，它们实际已经成了我的家。今日至此……

正如我已写过的，
一切皆成为在色彩的自身里安顿的事情：
一种色彩在对其他色彩的回应中自我振奋，
对自身，或宣称，或追忆

    Alles ist, wie ich schon schrieb,
    zu einer Angelegenheit der Farben untereinander geworden:
    Eine nimmt sich gegen die andere zusammen,
    betont sich ihr gegenüber, besinnt sich auf sich selbst

1907
10.22
*
周二

……沙龙今天关。即将离开,最后一次从那里回家,然而在路上已经想要再一次去探望某种紫、某种绿,或是某种特别的蓝色调。我想我本应该越发好好地看过的,更加地过目不忘。然而,哪怕是不屈不挠地站在《红色扶手椅上的女人》画前,在画中宏大的色彩布局面前,记忆也终究会渐次地无可挽回,如同记一个有着许多位的大数,虽然你一位数一位数都记熟了。在我的感觉里,它们的存在一直在增强,增强,甚至在睡梦里也能感得到;身心里可以感受得到,却难以言说。我能把它写出来么?——一张红色、蒙了布罩的低扶手椅子被放在一面土青色墙壁前边,墙面上有钴蓝色图案(一个中空的十字星✥),克制地重复着;圆鼓鼓的椅背曲线与斜线向前向下,直到扶手(缝制得好像一个无臂男子的假肢套)。左边的扶手以及挂着的朱红流苏后面并非墙,而是宽宽的一条青蓝,在画面下方边缘附近,一切都是响亮亮的比对,碰撞。在这张堂堂正正有着自我的红色扶手椅上坐着的是一个女人。她的手放在裙子的下摆上,裙子宽宽的竖条纹,是用一小片一小片松散的青黄或黄青色淡淡地暗示出来的,向上,直到蓝灰色的短衫边缘。短衫在前面用一个蓝色夹杂青色的亮闪闪的绸巾束了起来。明亮的面部,全部用相近的色彩,简单地就造型出了形貌特征:哪怕是鬓角以上圆圆地盘起来的头发的那些棕,以及眼睛上柔滑的棕,都必须展现出自己,有别于周围。似乎每一部分都心念着其余所有的部分——它参与如许;在其中,它调整如许,拒绝如许;每一处皆以其自己独有的方式关注着平衡,创造着平衡：直至整幅画最终在平衡中保有真实。至于若有人说这是一张红色扶手椅（且是绘画史上第一张纯粹的红色扶手椅），那么，它便即此。只因为它在其自身内隐含了一众亲历过的色彩。无论它可能是什么，这些色彩都在这片红中强化它，证实它。为表达得淋漓尽致，明亮的人像附近着色很重，以至于产生一种蜡层；然而色彩并不压倒物象。物象似乎被完美地传译为美术的对等物。当这个传译完全实现，并以物象显现出来的时候，在这一刻，其布尔乔亚的现实便放弃了它全部的重量，投入一个最终的、确凿的绘画存在。正如我已写过的，一切皆成为在色彩的自身里安顿的事情：一种色彩在对其他色彩的回应中自我振奋，对自身，或宣称，或追忆。正如不同的东西靠近时，狗的嘴巴里会分泌不同的涎液做好种种准备——择取可以吸收的营养，而无用的则剔除；同样，色彩的核心就在于强化与减淡，这能够帮助它与其他色彩一起共存。除了这种色彩强度内部的腺性活动，同样扮演着极大角色的还有反射（自然界中它的出场总是让我如此吃惊：譬如在睡莲团叶那粗犷的绿中见到霞光水色永恒的渲染）：弱一些的局部色彩全然遗弃自身，情愿让自己做主色的反射。此一处，彼一处，各种各样的影响前后彼此交互，于是画作内部便振动起来，兀自升腾又跌落，无有一处独独不动的地方。今日且至此……你可以看到要极其切近于事实是何等地不易……

一只狗看着镜子里的自己，
心想：另一只狗

                        eines Hundes,der sich im Spiegel sieht und
                        denkt:da ist noch ein Hund

1907
10.23
*
周三

……不知道我昨晚试图让你对坐在红色扶手椅上的女人有一个印象,是否完全成功。我甚至不确信自己是否描述出了其色值的那种平衡:词句似乎比以往任何时候都显得不恰当,乃至不相称;然而,迫不得已下的这种权宜之用也是可以的。如果一个人凝望着一幅画,像对着自然那样凝望——在此情形下,也应该多多少少表达出了其存在。有那么一刻似乎谈论他的自画像要更容易一些;明显地,这是一幅早期作品,还没有到调色板全程大开四方的地步,似乎保持在中调,在黄红、赭色、朱漆、紫罗兰紫之间;夹克以及头发,一路到底是润泽的紫与棕,对抗着一墙的灰与淡红铜。但凑近了看,你会发现里面含着淡绿与润蓝,它们增强了红色调,更精确地描述了光亮区域。然而,这种情形下,物象本身更加真实可触,而言辞——当它们被用来指示纯粹的绘画事实,总感觉不自在——只因太过热切而无法在对这个被画男人的描述中返回自身,返回它们自身疆域的起始之地。他向着观者方向转了四分之一的右脸,注视着。浓黑的头发一齐梳向脑后,在耳朵上面。于是头颅的整个轮廓就显露了出来;头颅轮廓画得极其自信,坚硬但浑圆,额头向下一气呵成,甚至在线条消失于形状和平面的地方,劲力仍在,只不过是千百种轮廓中最极端的一种。这头骨似乎是从内部被锤打过、斧凿过的,它强烈的结构被眉毛的棱线所强化。从眉骨下面挂着一张探向前的脸,这张脸又好像被胡须密生的下巴提前截断,脸上的每一笔好像都是挂进去的,不可思议地强化,却同时降至最粗朴之态,表现出一种情不自禁的惊愕,小孩子或者乡下人一时失态会有的那种。不同的是,他们那种全神贯注、两眼发呆的茫然在这里被一种动物性警觉替代,凝定的双眼里保持着一种不倦的、客观的戒备。而他的注视是何等地了不得,何等无懈可击地精确,几乎是让人感动地得到一个证实:对自己的表达甚至不做一点阐释,也不为自己预设一个高高在上的地位,他只是再现自身,以一种谦逊的客观,以一种确凿无疑、实事求是的趣味——是狗的趣味——一只狗看着镜子里的自己,心想:另一只狗。

该说再见了……此刻,在这一切之中,你也许会看到有关这个老人的一些,他担得起原本是他给毕沙罗的绰号:"大谦"。今日,是他去世一周年忌日……

对于他无尽的绘画之眼，
是不会止于一色的：
他要一直走到底

    Seinem immens malerischen Blick bestand es nicht als Farbe:
    er kam ihm auf den Grund und fand es dort violett oder blau
    oder rötlich oder grün

1907
10.24
*
周 四

……昨天，描述自画像背景，淡红铜色上斜斜地交叉着一种灰色图案，我说到了"灰色"；我本应该说"铝白或者类似的某种金属白"，因为灰，字面意义上的灰，是无法在塞尚的画中看到的。对于他无尽的绘画之眼，是不会止于一色的：他要一直走到底，找到那里的紫、蓝、红或者绿。在我们只能看到一种灰且满足于此的地方，他总是能辨认出紫（一种在此之前从未展现得如此之多、如此之广的色彩）；然后，他并不止步，而是绎出卷积在一起的所有紫色色相——正如某些夜晚，尤其是秋夜的所为，将灰色墙面直接变紫，乃至可以回应一切色相，从淡淡浮动的丁香紫到深重的芬兰花岗岩紫。当我做了这番评说，说这些画中实无一点灰色（在风景画里，赭色以及未曾燃尽或已经燃焦的土色都太过明显，以致灰色无法开展），福尔默勒尔小姐向我指出：站在它们中间，你可以感受到从中散发出了怎样一种轻柔、温淡的灰色气息。而我们都赞同塞尚画中色彩内在的均衡，它无一处是要突显的，无一处是要逼人的；它发出一种沉静的，几乎是天鹅绒一般的气息，在空洞冷淡的巴黎大皇宫能够如此，着实不易。尽管他的一个偏好是坚定不移地将纯粹的铬黄与烈燃的漆红用在他的柠檬与苹果上，但他还知道如何在画中保有它们的响度：全然地，仿佛进入听觉，响入一种倾听的蓝，又得到它暗哑的答言。于是，在外部，无人感到有被言说，或被呼唤。他的静物全神贯注于自身。他常用的白布——总是有特殊的用处，比如有一幅画里，奇妙地浸透了主要的局部色彩——以及白布之上放置的东西，在此刻，一一地皆全心全意，表达着自己，说着自己的想法。将白色当一种色彩来用，这从一开始对他而言就是很自然的，与黑色一起，构成他调色板大开大合的两极。在一幅有关黑色石头炉台以及挂钟的画中，黑与白（后者体现在盖着部分桌板并垂下来的一块布上）亦如绚彩一般在美丽的构图中，并置在其他色彩之旁，处处堪与匹敌，似乎是久经训练（与马奈比又不同。马奈的黑有种光被关掉的效果，且还依然站在其他颜色的对立面，好像是别处过来的）。白布上亮堂堂各自站立着的有一个咖啡杯（边缘处有一条浓重的暗蓝条纹），一个新鲜而成熟的柠檬，一个雕饰过的高脚水晶杯（顶部犬牙交错），以及最左边一个大大的巴洛克海螺壳——看上去怪诞、别致，它柔滑的红色嘴巴朝向前方。它腔体里的洋红在光亮中膨胀，在后面的墙上激起一种雷暴蓝。然后，这雷暴蓝又被邻近的金框壁炉镜台所重现，便更加地深广。这里，在镜中的画面，再一次遇到一种对立：站在黑色挂钟上面的乳白间杂玫红的玻璃花瓶，使对立两次生效（第一次是在现实里，然后，是稍微柔顺点的，在镜像中）。空间与镜中空间被这两重描画作了明确的指示与区分——音乐一般的；画作容纳这些的方式就像用篮子容纳水果与蔬叶；仿佛所有这一切都唾手可得。但白布往上的地方，光秃秃的壁炉台上似乎还有其他一些什么东西：我想回到这幅画面前，看看那究竟是什么。但沙龙已经没了。几天后，取而代之的将是一个汽车展，冗长、沉闷，每一辆车都只一心地想着速度。今日至此……

……你相信吗？我来布拉格就是为了看塞尚……

… wirst Du es glauben, daß ich nach Prag kam, um Cézannes zu sehen?…

1907
11.04
*
周一
布拉格—
布雷斯劳
的火车上

……你相信吗？我来布拉格就是为了看塞尚……画展中塞尚的有四幅。一张大幅肖像：铅黑色背景里，一个男人（M.Valabregue）坐着，一重重的黑色。他的脸，以及放在膝盖上的拳头——肤色一路都被强化成橘色——激烈而斩钉截铁地摆在那里。还有一幅静物画，同样专注于黑色：平滑的黑桌子上一长条白面包，自然的黄色，一块白布，一个厚壁高脚玻璃酒杯，两枚鸡蛋，两颗洋葱，一个锡制牛奶罐，以及斜斜地靠在长条面包上的一把黑色刀子。在这里，乃至在肖像之外，黑色也被纯粹当作一种色彩，不是作为其反面，而是再一次被当作画作里诸色之中的一色。在布的白色中，它延展着，进入玻璃杯里面，减弱了鸡蛋的白，加重了洋葱的黄，直到旧金色（尚未仔细地看这个黄色，不过我猜，一定有黑色在里面）。接下去的一幅静物：有一块蓝色盖布，在其中棉蓝与满是云翳状的淡蓝色墙壁之间，一个精致的灰釉大姜罐横放着。一个土青色黄柑桂酒瓶，一个上三分之二被施以青釉的陶瓶。另一边的蓝色盖布上，一些苹果部分地从瓷碗中滚了出来。瓷碗的白是借着盖布的蓝给明确出来的。这由红入蓝的滚动如同是从画作的色彩中自然而起，一如罗丹的两个人像之间因其造型相似而产生关联。最后是一幅风景画：蓝色的天空，蓝色的大海，红色的屋顶，在一片绿中走向彼此，在这场内心的对谈中颇为活跃，深深地彼此理解……

……我已经驾着四轮马车,穿过这个清秋的下午。朴素的乡间是如此地美。我独自驾车从火车所在的地方来,又回归火车所在的地方去。那就是波西米亚,是我所知道的那个地方,山丘如抒情乐,在苹果林后突然平缓下来,平平地,但并无太多视野,因为被耕过的田地以及树木所分割。一排排树木,如一首民谣,回环往复……

映画记

尽管他的一个愿
望是坚定不移地
将纯粹的橙黄与
烈燃的深红用在
他的柠檬与苹果
上,但他还知道
如何在画中保有
它们的纯度。

他纯粹是靠色彩来再现那些苹
果、洋葱、橘子。

它们完全不再是可食性的,

它们变成真真切切的物,

在它们

坚定的异质性中牢不可摧。

他转向自然,
知道如何咽下自己对每一个
在画出来的苹果里。

在这里,所有的真实都站在他这边:在他的浓密的夹层蓝中
暗影的绿,以及他的酒瓶那透红的黑中。

他所有的物都那么粗朴:苹果,全不过是用来酿酒做菜的酸果

他知道的,

他就开始

讲述它(一个苹果
的局部);它旁边这
里,就空着,

青苹果四处散落,他在自己的
画室踱来踱去,或者去到花园
里,失落地坐下。他面前就是小
镇,小镇上的大教堂,它们浑然
不觉

VAR. 30.
(a 1 Clav.)

ARIA con VARIAZIONI   J.S Bach
一首咏叹调，及其三十次变奏

爱，将它永远留

，他的没有暗

自摩西之后,

再无人

能见一座山,

见得如此伟大

塞尚,他是我们所有这些人,

这些画家的父。

——毕加索

纸上造物

用心，有趣，
深且美
出版，以及一切
纸上的可能

图书在版编目(CIP)数据

观看的技艺:里尔克论塞尚书信选/(奥)里尔克
(Rainer Maria Rilke)著;光哲译.—北京:商务印书馆,
2019(2020.12 重印)
ISBN 978-7-100-17062-8

Ⅰ.①观… Ⅱ.①里…②光… Ⅲ.①书信集—奥地利—近代 Ⅳ.①I521.64

中国版本图书馆 CIP 数据核字(2019)第 014164 号

权利保留,侵权必究。

观看的技艺:里尔克论塞尚书信选
〔奥〕里尔克 著
光哲 译
陈早 译校

商 务 印 书 馆 出 版
(北京王府井大街36号 邮政编码100710)
商 务 印 书 馆 发 行
北京雅昌艺术印刷有限公司印刷
ISBN 978-7-100-17062-8

2019年6月第1版   开本 880×1240 1/32
2020年12月北京第2次印刷 印张 4¾ 插页 8
定价:65.00元